KB270471

접산역

접산역

이일권 시집

도서출판 도훈

시인의 말

난, 밥과 국물을 떠 먹을 때
화장실에 앉아 있을 때
아날로그와 디지털 삶 속에서도
언제 어디서나, 감성이 머물면
시를 쓴다

내 배낭에,
세상의 시 담고 싶다

그리고 고향 접산에
기차가 설 수 있는
접산역을 만들기 위해
삽 한 자루 들고,
즐거운 마음으로
시나메 오르고 있다.

차례

1부

접산역

접산역

억새들이

서로 몸 비비며

뜨겁게 사랑하는 접산

손주 그리운 할머니의

향기로운 꽃으로

피어나는 접산

어린 닐 추억 내음

바람 따라 구름 따라

넘실넘실 춤추는 접산

접산에 접산역이 생겨

세상에서 가장 느린 기차 들어와

꿈결 같은 기적소리 울리며

아름다운 역사 지키고 있다

세상의 온갖 이야기 싣고

동강의 봄

동강 나루 윤슬 따라
파란 하늘이 춤추고
맑은 희망의 노랫소리

겨울과 봄
서로는 서로를 위해
겨울은 강 건너야 하고
봄은 강 건너와야 한다

겨울과 봄
서로서로 안아주며
맑은 가슴속 들여다본다

동강은 겨울을 보내며
무명지로 다듬다듬
이제 봄이라고 쓴다

나의 별

내가 태어날 때부터
접산엔 별 하나 별 둘

어머니는 내게
별밥을 지어
별국에 별반찬까지
별 하나 별 둘

접산 별이 된 어머니
난 어른아이 되어서도
접산 별을 바라본다
별 하나 별 둘

난, 여전히
가슴속에 별을 갖고 있다

개울 축제

달님 접산 꼭대기에서
슬그머니 얼굴 내민다

솔나무 귀퉁이에서
소쩍소쩍
개울가 친구들 잠 깬다

마실 나온 가재 가족
부지런히 체조를 한다
두리번두리번 으쓱으쓱

다슬기 한 마리
좌우로 구르면서
먹은 음식 되새김질

검은 물고기
몸에 새겨진 주홍 글씨 아픔에
달빛 보고 기쁨의 가쁜 숨 쉰다

건너편 동리에서 이사 온

부끄러운 물새 한 마리

키 큰 달맞이꽃이 손 흔든다

달맞이꽃 미소 지으며

꽃을 피워

친구들 하나둘 이름 부른다

개울에 평화 왔다며

모두 신나게 춤을 춘다

비석치기

마차리 요봉 비석거리에서
너와 나 마주 보고 비석치기

난, 두 눈 뜨고 비석 볼 수 없어
한쪽 눈 감고 비석 바라보다
작은 비석으로 큰 비석 친다

골리앗과 다윗의 싸움
넌, 날 보고 싱글벙글
눈물 흘리며 널 원망하는 나

다시 비석 던지려 할 때
죽은 승철이 네 비석에 앉아 맑은 웃음
난, 잔인하게도 승철이에게 던지고
승철이 사라지며 내 비석 산산이 부서진다

놀란 접산 바람 내게 마음 비우라 하고
접산 구름은 비움만이 채움이라 속삭인다

비석거리에서 여전히 비석치기하고 있다, 난

바지랑대

바지랑 바지랑 어머니의 손

열세 살 아이가 보고파

하늘에서 내려와

몸을 청결하게 씻겨주고

살며시 손잡아 준다

바지랑 바지랑 아버지의 손

세상을 바르게 살려면

마음 깨끗해야 한다며

천천히 손잡아 준다

바지랑 바지랑 마법의 손

접산 아이처럼

바른 마음으로 살라며

강하게 손잡아 준다

바지랑 바지랑 바지랑대

하늘에 걸려 바람을 친구 삼아

여전히 춤추며 서 있다

싦의 지지대로

칠구레이

접산은 어린 것을 안고 가는
아낙의 순정을 닮았다

짝을 이루고 살아야 한다는
엄마 소원에

눈물 훔치며 넘어온 산
개똥이 못난이 생각에 한숨

어느새 엄마 되어
어린아이 업고, 손잡고
올갱이 잡으러 동강 간다

산 넘어온 때 잊어가고
흐르는 강물 앞에 서면

가고픈 고향 고마루 고개
눈앞에 아른아른

부모님 그리움보다

간절한 아이 모습

접산 넘어 찾으려는 고향길

아이 눈길에 시나메 사라진다

산에서 자란 칠구레이

어느새 다가와

돌돌돌 아이 몸 함께 감는다

어머이의 강냉이밥

보릿고개 넘기 위해

강냉이밥 먹어야 했다

어머이 어여쁜 어머이

파란 부엌에서

가마솥에 강냉이 쌀 넣고

사랑 밥 지으셨다

강냉이 쌀과 솥뚜껑 합창 소리

피익 피이익 푸익 퓨욱

강냉이밥 주걱 따라

살그럭 살그럭 휘휘

강냉이 쌀 사랑의 아우성

찐득찐득 쫀득쫀득

누룽지 먹고 싶어

멀뚱멀뚱 말똥말똥

누룽지 기쁜 웃음소리

따 따닥 따다닥 따악

어머이는 요술쟁이

형의 몽당비

형은 몽당비 들고 소리쳤다
뭐 하드래요
마카 일어나 나오드래요
동네 비석거리 쓸드래요

형은 몽당비 들고 노래 불렀다
늘 주고픈 사랑이 부족해
더듬더듬 놀림 받으며 바보라 했지만
착하고 아름다운 속아지

형은 몽당비 들고 귀신을 쫓았다
무서워 울던 곳집에 돌을 던지며
대도미 고라데이 귀신에게
몽당비를 휘두르던 겁 없던 형

입과 귀가 찢어지고 코가 문드러져도
온 동네 하얗게 될 때까지 쓱쓱 싹싹
형은 몽당비 들고 동네를 돈다

횡재한 날

경전철 우이신설선 타고
지하 철길 따라 두리번두리번
천천히 달려간다

기관차도 보이지 않고 기관사도 없는
자동 운행에 놀라 조향장치 찾아보지만

굽은 길 따라 가고 오는 길
전동차 두 칸뿐
앞뒤로 끌어주고 밀어주는 부부 열차

시나브로 탄광의 전차로 바뀌고
어느새 뜨거운 삶의 활기 넘쳐
함께 탄 진돗개 입에 지폐를 물고 있다

매일같이 잔칫집이었다는
영월 마차탄광 여기서 보다니
우와, 횡재한 날이다

접산바위

접산 아래 둔덕 위 채석장 생겼다
어린 시절 그곳, 우리의 놀이터였다
언제부터 알 수 없는 기계음과 사람들 박수 소리
우리와 다르게 생긴 사람들 보인다

괴물 같은 중장비들 나무 잘라내고
풀과 숲들을 잔인하게 유린했다
두려움 때문에 아무도 못했던
접산바위에 커다란 구멍 뚫는다

바위는 수천 년 동안 살던 집 떠날 수 없다며
큰 소리로 울며 소리 지른다
바위 사이로 인간의 폭약 넣는다
하늘과 땅 함께 고개 숙인다

폭약이 터지고 접산 눈물 흘린다
꼿꼿하기만 하던 억새 손 굽고
당당하기만 하던 접산새 힘없이 쓰러진다

둔덕 아래 소나무 파랗게 죽어간다

요봉교 균열 때문 아무도 긴니지 못하고
개여울의 물고기 몸 비틀며 죽어간다
부드럽던 갈대 흐느끼며 목 꺾인다
찬란했던 비석거리 아무도 찾지 않는다

영월탄광문화촌

죽어 있던 나무에 파릇파릇
검은 벽에 접산꽃이 피었다
그리움으로 그림 그렸기 때문

별마로천문대에 별이 이야기
접산 달 밝은 미소 달이 이야기
그리움으로 그림 그렸기 때문

마차에 희망 보따리 가득 싣고
천리마 하늘에서 내려온다
그리움으로 그림 그렸기 때문

고샅에 모여있는 아이들
둥글둥글 굴렁쇠 굴리다
희망 보따리 하나씩 받아
절차탁마 절차탁마 외치며

빙글빙글 영월탄광문화촌 돈다

2부

자유

자유

한 평도 안 되는 작은 까막소에

손 묶이고

재갈 문 미꾸라지

가두리 다라이 따라

바둥거리며 피 흘린다

슬픈 눈으로 울다 지쳐

힘없이 다라이를 두드린다

깨질 때까지 깨질 때까지

다라이는 귓속말로

작파할 수 있는 미꾸라지만이

자유를 얻을 수 있다며 빙글빙글 돈다

코로나19-1

신종 코로나19 때문

온 동리 사람들 이른 아침부터
마스크 깊게 눌러 쓰고
약국 앞에 길게 서 있다

출근도 잊은 채
서로 바라보며 해야 할 말 잊은 채
묵묵히 기다리고 있다

고개 숙이고
서로의 모습을 감추고 의심하며
서로 외면하고 있다

기나긴 행렬 언제나 끝나려나

코로나19-2

신종 코로나19 때문

코로나 검사 받으리 보건소 가려
지하철을 탔다

맞은편 중년의 부부
가방에서 마스크 꺼내
승객들에게 나누어 주며
돈은 필요 없다며 미소 짓는다

맞은편 중년의 부부
전화벨 소리, 마스크 주문받으며 함박웃음
몇 년 손가락만 빨다
요즘 야근 때문에 잠 못 잔다며 넋두리한다
주 52시간도 적용 안 된다나

맞은편 중년의 부부
이런 날 올 줄 몰랐다며, 인생은 새옹지마라 한다

서둘러 공장으로 가야 한다며 얼굴 붉어지더니

비싸고 비싼 마스크 담은 가방 두고 내린다

코로나19-3

신종 코로나19 때문

평촌 중앙공원에 봄이 찾아와
살며시 손을 잡는다
난, 마스크 쓰고 못 본 체
봄은 예쁜 웃음 짓는다

노란색 향기
분홍빛 꽃잎
바람까지 데려와
봄은 무지개 웃음 짓는다

봄봄봄 하며 옆에 앉아
바라보다 웃고
매달리다 웃고
이내 봄은 울음을 터뜨린다

코로나19-4

신종 코로나19 때문

공항 가는 버스
길모퉁이에 서 버린 채 눈물 흘리며 울고 있다
아무도 타는 사람 없다
마스크 깊이 쓴 운전기사 혼자뿐
울고 싶어 하늘을 보며 이번 달 봉급 걱정한다

공항에 서 있는 버스
아무도 타는 사람 없다
마스크 깊이 쓴 운전기사 혼자뿐
울고 싶은 마음에
지나가는 바람을 잡고 이번 달 관리비 걱정한다

목적지 없는 버스
주위만 빙글빙글 돌고 있다

코로나19-5

신종코로나 19 때문

엘리베이터 버튼에

코로나 죽이는

항균필름이 태어나고

언제부터인가

바이러스 세상 되어

온 세상 두려움에 떨고 있다

늘 만나면

서로의 손을 잡고

다정하게 안아 주었는데

웃을 수도 울 수도 없다

애틋한 정을 가장 미워한다는 바이러스

커다란 입 벌려 밤낮으로 깔깔거린다

세상에 태어난 코로나바이러스

이제 향균필름에 목이 꺾여

하나둘 죽어가고 있다

타워크레인

오르려 오르려 하늘까지 오르다
초가삼간 태우고
주막에 있던 마걸리 독 깨고
횡포 부리더니

소나무에 앉아 울던 소쩍새 쫓고
콩 나무 타고 오르던 삼족오 쫓고
봉황에 업혀 날아왔던 희망새마저
기운이 다해 슬머 하늘로

하늘 아래 꽃이 죽고
물이 말라
흙의 색 변하니
하늘은 깜짝 놀라 쿠르르르 꽝

타워크레인 스르르르 나락에 떨어져
키 큰 소나무 위협하던
무서운 힘 내려놓고 죽어간다
죽음의 요령 소리 듣지 않으려,

성복동에도 아담과 이브 살고 있다

아담과 이브는 하늘에서 서로 사랑하다

동방의 별을 보고

세상을 그리워하다

용인의 작은 마을 성복동에 내려온다

아담과 이브는 서로 오손도손

손잡고 함께 살며

시나브로 하늘을 잊고

더 깊은 사랑을 위해 성복천을 돌고 돈다

나무를 빙글빙글 감고 있던 뱀

목을 길게 빼고 긴 혀로 너스레 떨며

더 깊은 사랑을 할 수 있다 유혹한다

성복천 샘물 마시고 사랑에 취해 잠든 사이

이천년의 원죄를 씻고

용이 된 뱀 나래짓 하며 하늘로 오른다

성복동에 아담과 이브를 남겨둔 채,

유리창을 깨자

형제는 아무것도 모른 채 전쟁하였다
서로서로 원망하며
구부러진 등 돌리며 둘로 나뉘었다

형제는 유리창 한 장을 사이로
꽃 피고 지며 해 뜨고 지는 고향의 모습
별과 달이 빛나는 고향의 모습
봄부터 겨울까지 바라만 본다

형제는 유리창 한 장을 사이로
보고도 못 본 체
듣고도 못 들은 체
알면서 모른 체

유리창에 묻은 눈물을 닦고
유리에 입을 맞추곤
서로에게 큰 소리로 말한다
이제는 유리창 깨버리자고,

적과 흑

성복천 건너

마을을 파괴하려는 적

물고기 죽이고 뱀 쫓아내고

오리까지 가두었다

성복천 건너

마을을 지키려는 흑

꽃과 나무를 지키려

성복천을 오가는 연락병 까치에게

성복천 건너 소식만 듣는다

적과 흑

옛날 그리워 자꾸만 자꾸만

슬픈 미소만 짓고 있다

코끼리 인형

커다란 귀 세우고 세상 소리 듣는다

아무리 아무리 들어도

즐거운 소리 안 들리고

슬피 우는 소리뿐

커다란 눈 뜨고 세상 바라본다

바로 보아도 거꾸로 보아도

서로 싸우는 모습뿐

코 길게 내밀어 냄새 맡는다

아무리 아무리 냄새 맡아도

향기로운 냄새 맡을 수 없고

고약한 냄새뿐

큰 손 내밀어 손잡아 본다.

아무리 아무리 내밀어도

깨끗한 손길은 잡히지 않고

더러운 손길뿐

큰 발 내밀어 걸어 본다

아무리 아무리 내밀어도

세상은 제자리일 뿐

코끼리 인형이 되면 행복할 줄 알았는데

코끼리는 코끼리로 자유롭게 살아야지

터널

나무와 풀과 돌이 죽고

산새가 죽고

물과 산이 죽고

하늘이 죽었다

산의 머리카락 자르고

내장을 도려내

병을 치료한다며

굴굴굴 구멍을 뚫어 대장내시경을 하고 있다

인간이 파 놓은 커다란 상처 때문

산은 피 흘리며

아파할 뿐

소리도 지르지 못하고 울고만 있다

산이 웃는 모습 보고 싶다

3부

밥 한 그릇의 행복

밥 한 그릇의 행복

신비로운 미소지며 놀라운 표정

어머니의 손맛 담긴 고향 내음

홍당무 감자 단호박 삭둑삭둑

송송 송송 대왕파 양파 넣는다

봄 여름 가을 겨울 미국 Georgia

둥글둥글 돌고 도는 그리움 춤춘다

춘장 소금 전분 설탕 빙그르르 뿌려

둥근 그릇에 가득 따뜻한 정 담는다

Johns Creek 가마솥 가득

정겨움이 파릇파릇 피어나

둥근 마음 되어

둥근 그릇에 가득가득 넘친다

둥글게 둥글게 손잡고

밥 푸는 행복 따라

환하게 피어나는 사랑의 꽃

서로의 가슴에 달아 준다

둥근 식탁에 둘러앉아
나누는 고향 이야기마다
행복송이 꽃송이 되어
밥 한 그릇 속에 활짝 피어난다

만둣국

만두 속에는

철없이 집 떠나 홀로서기로

몸부림치던 날 꼭 안아 주던

어머니 편지 한 장 담겨 있다

만두 속에는

촛불 앞에 두고 밤 지새며

나라 걱정하던

아버지의 인자한 미소 담겨 있다

만두 속에는

김치찌개 하나 가운데 두고

막걸리 한 잔에 삶을 만족하며

노래하던 남철이가 웃고 있다

만두 속에는

빈대떡 한 장 가운데 두고

찬란한 삶을 이야기하며

시를 쓰던 영수가 웃고 있다

만두는 끓고 끓어 만두 속 터지고
만두 속 터지면 맛없다며, 아내는
내 옆에 앉아 미소 짓는다

자반고등어

항아리에서 놀던 고등어

파란색의 고등어 눈 들어

날 보고 슬픈 눈으로 바라본다

날 위해 어머니께서

고우신 손으로 고등어 잡아

뚝딱뚝딱 자반고등어 만든다

날 위해 어머니께서

새빨간 신비의 불 만들어

적쇠에 올려놓고 토닥 토다닥

이리 뒹굴 저리 뒹굴 고등어 굽는다

난 아이처럼

고등어 보고 어머니 보고

철없이 입맛 다신다

온 동네 고등어 내음 그리운 내음

고등어 굽는 소리에 온 동네 웃음

고등어 굽는 날은 온 동네 행복 가득

동태탕

바지락 바지락 내리는 비
물 따라 출렁출렁 축제의 향연
무꾸는 트위스트 추고
두부는 봄의 전령처럼 엉덩이 흔든다

바지락 바지락 눈물 소리
동태는 슬픈 듯 눈물 흘리고
지난 세월 회상하며
고개 숙여 시나브로 죽어간다

바지락 바지락 울음소리
난 동태의 몸 씻긴다
서툰 염하며 호도의 볼 비벼
사의 찬가 되뇌인다

바지락 바지락 웃음소리
하모니카 소리에 동태 살아나
환한 미소지며

꽃송이 되어 하늘로 오른다

바지락 바지락 꽃비 소리

비 오는 날에

꽃송이 보려면 동태탕 먹어야 한다

콩자반

머리에 수건 손에는 검

용감한 전사의 얼굴

세상 무서움 없고

오직 자식 사랑뿐

콩자반 굴리며 영월 아리랑

얼굴에는 미소 가득

손에는 평화의 동그라미

순라군 되어 성 지키며

못난 자식 위해

콩자반 굴리며 영월 아리랑

가슴에는 사랑 안고

서리태콩 굴리며 그리움 쌓는다

어머니, 영월로 시집온 지 이십여 년

산 너머 너머 봉평까지 백여 리 길

콩자반 굴리며 영월 아리랑

칼국수

허름한 식당에 국수가 걸려있다

방금 뽑은 국수 칼칼한 냄새 때문

허기신 배에서 보락보락 입맛 나신나

삶에 지친 사람들 모두

국수 가락 손으로 잡아당기며

어기영 어기영 들어간다

어머니의 손길처럼 줄레줄레

옛모습들이 만들어진다

국수 그릇 속에는

맑은 실개천이 흐르고

둔덕에 등 굽은 소나무 춤을 추고

초가지붕 위 둥근 박 모여 웃고 있다

어머니 국수 한 그릇에

아름다운 기억의 수레바퀴 따라

난 꿈에 그리던 어린 시절 본다

송편

송편 하나에
어머니의 사랑

송편 둘에
누나의 미소

송편 셋에
가족 사랑

둥근달 같은 환한 송편

우리들의 자화상

비빔밥

서로 감성이 다르지만

함께 해도 싸우지 않고

서로 손 잡고 춤 추고 있다

서로의 생김이 다르지만

이리 두르고 저리 둘러도

다문화 세상 만들기 위해

서로 손 잡고 노래하고 있다

서로의 입맛이 다르지만

매운 고추장에 땀을 흘리고

짜디짠 간장 맛에 손사래 치고

신맛의 소스엔 눈물 흘린다

서로의 성격이 다르지만

뚝배기 열기에 함께 뜨거워지고

비빔의 조화로운 맛 위해

함께 비비며 소리 내어 웃고 있다

감자떡

마카 가장 못나고 초라한 모습

찢기고 갈라지고

못난 육신처럼 울고 있다

썩어야 제맛 난다며

썩어야 다시 살 수 있다며

살이 곪고 터져 고름이 되어도

행복한 미소 짓는다

마카 가장 싫어하는 고약한 냄새

썩어야 살 수 있다며

살기 위해

고통 속에 서로 사랑하고 안아준다

다시 태어나기 위해

죽어야만 산다며

온몸이 썩어 가도 행복한 미소 짓는다

마카 새로운 희망 기다리기에

가난한 삶 즐거워하며

둥글둥글 암흑 속에도
서로 손 잡고 춤을 춘다

시나브로 새살을 돋우고 있다

된장국

달님은 접산에 집 한 채 짓고
어머이 두 손 모아 기도하신다
별님은 눈물 흘려 방울방울
뚜가리 가득 정화수 담고

새벽안개 같은 된장 한 술
뒤란 울타리에 걸린 호박 한 덩이
두부 장수 방울 소리 따라 춤춘다
고추와 파는 헛기침을 하고
바다 소식 전해주는 멸치
어머이 간절히 기도하며
두 손 모아 뚜가리에 간을 맞춘다

된장 따라 돌며 부글부글
멸치 따라 돌며 보글보글
맛있는 된장국 내음에
우리 가족 둘러앉는다

울타리 아래 호박 키우던 햇살

허기진 듯 입맛 다신다

홍어젓

계단에 붙은 황동판 닦고 닦는다
매일같이 닦아도
잠자고 나면 황똥판

선생님이 상기되어
잠시 후 귀한 손님 오신다며
눈이 부시게 닦으라 한다

반장이 냄비 닦듯이 빡빡 닦으라 한다
첫째 아이
냄비는 닦아도 냄비!
계단은 닦아도 계단!

반장이 냄비 닦듯이 빡빡 닦으라 한다
둘째 아이
왜 꾸미냐며,
거저 있는 대로 보여주자고!

반장이 냄비 닦듯이 빡빡 닦으라 한다

셋째 아이

이쁘게 꾸며 나쁠 기 있당기?

미운 거보다 낫제!

반장이 냄비 닦듯이 빡빡 닦으라 한다

넷째 아이

돈이 나와?

쌀이 나와?

고향 흑산도에서 홍어잡이 배 타는 것이 훨씬 낫당께!

선생님 얼굴이 붉어지며 소리친다

홍어잡이 배 탄다꼬?

야, 이 호랑말코 같은 놈아!

이 지휘봉 잡고 손들고 계단 앞에 서 있으라!

반장이 냄비 닦듯이 빡빡 닦으라 한다

다섯째 아이

어, 씨! 뭐유 이빨은 잘 닦이더니

냄비는 잘 안 닦이네유!

반장이 냄비 닦듯이 빡빡 닦으라 한다

여섯째 아이

자, 자! 시간 없다 빨리빨리 닦자

잘 닦자 깨끗하게 닦자

선생님이 다급하게 소리 지른다

맞다 니 말이 맞다

기회는 항상 오는 것 아니데이!

국회의원 고위 관료 자본가 종교인 연예인

계단을 올라오며

하나같이

우와 눈부셔! 우와 눈부셔! 최고여 최고!

이장 아저씨 깜짝 놀라며 한 아이에게

시방 자네는 계단을 안 닦고 뭘 하고 있나?

넷! 친구들 위해

낚시로 홍어젖 잡고 있습니다.

파하하! 잡아서 나도 한 마리 주게나

기장멸치 축제

바닷속의 어릿광대

그리움에 눈물 흘리며

고독이 두려워 고깔모자 쓰고 춤춘다

아이들 많이 많이 낳았다

기장은 아이들의 천국

조카는 아이가 좋아 각설이 되어

기장에 와서 품바품바

자리 깔고 품바품바 춤추고 있다

파란 하늘 따라 아이들 춤춘다

멸치 손잡고 덩실덩실

멸치의 죽음만큼

아이들은 태어난다며

죽음을 삶으로 승화시키려는

젊은 비구니, 애잔한 이바지 노래에 맞춰

아이들은 기장 포구에서

무럭무럭 자란다

아이 입고 있던 아이 임마

아기 낳고 낳고 미역국 먹는다

4부
해운대 도꼬마리

해운대 도꼬마리

해운대 도꼬마리 친구 찾아 버스에 오른다

잊으려 잊으려 하면

더욱 생각나는

도꼬마리 도꼬마리

해운대 도꼬마리 친구 찾아 기차에 오른다

어느 때부터

가슴에 생긴 응어리 되어

도꼬마리 도꼬마리

해운대 평야엔 고층아파트

해수욕장 어귀엔 고층빌딩

백사장에 내려와 쉬고 있던 별님도

도꼬마리 도꼬마리

해운대 바다에서 장산까지

실타래처럼 얽혀진

도꼬마리 도꼬마리

쌍둥이

한 잔 술에 그리움 몰려오고
친구의 얼굴에서 추억을 불러낸다
부딪히는 술잔엔 지천명 행복
호로사 선율 따라 고개 흔든다

대금을 입에 물고 칠갑산 한 곡
하늘이 미소 짓고 땅이 춤추고
통영의 바다 내음 한가득 들어와
지천명 가슴속 설레게 한다

그리움 취해 한동안 잊지 않으려
가슴에 깊이깊이 넣고 나오다
구두 한 짝을 바꿔 신고 나온 걸
거울 속에 비친 내 모습에 놀란다

어린아이 내 구두 가리키며
어어어 아저씨 엘리 엘리 엘리게이터
구두가 짝짝이네 악어도 짝짝이네

모두들 한바탕 웃음에
엘리베이터 덩달아 트위스트 춘다

내 몸속에 네가
네 몸속에 내가
너와 난 쌍둥이 악어 쌍둥이

갈대의 순정

갈대는 봄부터

파란 마음 가슴에 담고

시나브로

님 오기를 간절히 기도합니다

내리는 빗방울 보며

비 그치는 날

그리워 그리워하다

파란 목 노랗게 되었답니다

밝은 햇살 따라

이제나저제나 님 오시길

그리워 그리워하다

노란 목 하얗게 되었다네요

미국 Georgia Johns Creek의 봄맞이

미국 Georgia Johns Creek에

봄이 파릇파릇 피어오르면

니 너 하나 된다

구름은 하늘에서 화장하고

갈대는 바람과 사랑춤

꽃은 봄에 수줍은 입맞춤

새는 봄 노래에 맞춰 트위스트 춤

바람만은 겨울을 잊지 못해

아쉬운 듯

봄이 오는 것이 두려워

꽃잎 흔들어 아는 체한다

오랜 잠에서 깨어난 마가렛 미첼

울적한 바람의 손 잡고 미소지며

원고지 대신 태블릿 PC 바라보며

봄봄봄 찬미하는 시를 쓰고 있다

해운대 바다에 가면

섬마섬마 소리에
가만히 앉아 동그라미만 그린다
어머니 얼굴

해조음 따라
손을 움직이면 나타나고 사라지는
어머니 얼굴

수평선 아래
보고 싶은 아름다운
어머니 얼굴

하얀 모래 따라
보일 듯 사라지는 맑은
어머니 얼굴

해운대 바다에서
섬마섬마 걷다 보면

그리운 어머니 얼굴

보곰지

바라만 보아도

항상 흐뭇하던 마음

손 넣으면 늘 따뜻했던 공간

출근길 내 얼굴 바라보다

살며시 미소지며

아내가 넣어주던 지폐 한 장

낡은 보곰지엔

댕그라니 카드 한 장

웃는 얼굴로 등 긁어 달라며 투정 부린다

바보, 꽃에 취하다

꽃이 피어난다

소리와 향기, 맛

그리고 흔들림까지도 느끼지 못했던, 나는

세상에서 가장 바보였다

살구나무 아래 지나다 잠에서 깨어난

살구꽃에 입맞춤을 당하곤

정신이 들어 꽃을 본다

꽃이 내 가슴에 뿌리내린다

마음 가득 꽃이 피어난다

아름답고 찬란한 세상

꽃향기에 취해보고

꽃처럼 춤추고 미소 짓는다

아, 꽃이 되고 싶다

그림자놀이

햇살 향해 길 걷는데 또 다른 나 따라온다

처음 보는 얼굴

자꾸만 내게 쉬어가자 한다

나보다 못난 모습 외면하니 실루엣이라며 날 쫓는다

모른 체 햇살 등지고 걷는데 앞에서 걷는다

나의 키보다 훨씬 큰 또 다른 나

함께 길가에 앉아 물 한 모금 마시며 서로 바라본다

똑같이 생긴 한 쌍의 바보

해가 지고 달빛 따라 걷는데 날 따르는 또 한 사람

나의 실루엣이라며 내가 아는 체하지만

날 매정하게 외면한다

똑같이 생긴 한 쌍의 바보

나와 그는 서로 바라보며

난 그의 모습에 그는 나의 모습에 놀란다

내 정체성 찾기 그림자놀이

득음

귀뚜라미 노래한다

죽을 때 죽더라도

노래하다 죽는다며

쉬고 있던

별과 달 잎새와 바람 깨운다

귀뚜라미 노래한다.

세상에서 가장 노래 좋아하는 귀뚜라미

노래하다 아름답게 죽고 싶다며

온 동네 돌며

맑은 눈물 담아 환하게 웃는다

귀뚜라미 노래한다

둥그런 목울대 자꾸만 흔들며

죽음이 가까워진다는 것 잊은 채

가을바람 같은 슬픈 사연 엮어

가장 아름다운 악보 만든다

귀뚜라미 노래한다

별은 가장 아름다운 춤추고

달은 가장 맑은 눈물 흘리며

바람은 가장 맑은소리를 낸다

귀뚜라미의 득음 위해

배낭족

배낭족이 되면서부터
바람을 등에 메고
간다 간다

봄이 오면 봄꽃을 따라
아지랑이 손잡고
간다 간다

여름이 오면 별 따라
안개비 손잡고
간다 간다

가을이 오면 하늘 따라
낙엽의 손잡고
간다 간다

겨울이 오면 눈꽃 따라
하얀 눈 맞으며

간다 간다

바람의 손잡고
배낭족이 되어
간다 간다

휴게소

가끔은 쉬어가자
삶의 모서리에 상처 입어 아파하기 전에
서로서로 손잡고

가끔은 쉬어가자
삶의 언저리에서 나 아닌 다른 이 상처 주기 전에
서로서로 손잡고

가끔은 쉬어가자
사랑하는 사람들과 사랑을 나누기 위해
서로서로 손잡고

가끔은 쉬어가자
그리운 사람들을 만나기 위해
서로서로 손잡고

걸림돌과 디딤돌

돌돌돌 구르는 소리
돌돌돌 깨지는 소리
돌돌돌 갈라지는 소리

매일같이 사는 삶
고개 숙이고 절망하면
걸림돌

매일같이 사는 삶
고개 들고 소망하면
디딤돌

5부

세상은 희망

세상은 희망

먹다 버린 껌을 보듯 세상을 노려본다
내게만 찾아온 것 같은 한없는 아픔에
가슴을 부여안고 목 놓아 울이본다

고통은 삶에서 늘 부딪히는 것
아프다고 울기만 하면 헤쳐갈 수 없는 것
인내하고 긍정하면 그것은 기쁨이 되리
하늘을 보고 미소 별을 보며 희망 노래하면
환한 밝은 빛 볼 수 있으리

슬픔은 늘 안개처럼 왔다가 구름처럼 가는 것
참고 인내하면 한 송이 꽃처럼
그것은 기쁨이 되리

그대 울지 않고 세상을 향해
활짝 웃는다면
그것은 희망이 되리

하늘 바라보기

힘들 때 파란 하늘 따라
손 내밀어 구름의 친구 되어
하늘 바라보기

슬플 때 슬픈 내음 따라
손 내밀어 사랑의 친구 되어
하늘 바라보기

보고 싶을 때 그리움 따라
손 내밀어 바람의 친구 되어
하늘 바라보기

기쁠 때 따스한 햇살 따라
손 내밀어 희망의 친구 되어
하늘 바라보기

세상에서 가장 아름다운
하늘 바라보기

미자 누나

동백 아가씨와 총각 선생님 죽고
세상이 죽고
미자 누나 죽었다

서로 죽이는 세상
디지털과 아날로그 싸움터
전쟁으로 얼룩진 죽음의 세상
디지털은 이겼다고 어깨 흔든다

땅에 묻힌 아날로그 깨어나
조금씩 어린 싹 내밀고 있다
미자 누나의 아이 낳기 위해

담쟁이의 바람

서로 손 잡고 있던 담쟁이넝쿨
세상 어루만지며, 바라보았는데
풋풋한 형제애 나누었는데

하늘이 울고 땅이 갈라지고부터
담쟁이넝쿨 끊어져
서로 노려보고 욕하며 싸우고 있다

서로 등 돌리고 총부리 겨누며
어쩔 수 없다며 눈치만 보고 있다
바보처럼 엉엉 울고만 있다

나와 너 아닌 그가 세운 벽 부수고
넝쿨 이어 통일된 나라 만들어야 한다
너와 나 죽기 전에

시인의 마을

강남스타일 죽었다
코로나 때문

홍대 입구 죽었다
코로나 때문

미나린 살아났다
코로나 때문

뜨거움보다는 따뜻함이 우성
디지털보다는 아날로그가 우성

이제부터 아날로그 되찾기 위해
코딩 배워야 하고 시집 읽어야 한다

이제 온 세상 사람들
시인이 되어야 한다

희망의 노래 부르기 위해

시인과 소설가

시인은 꿈을 먹고 산다

세상 바르게 보기 위해

세상을 자르고 자른다

혼자만의 생각대로

소설가는 추억을 먹고 산다

세상 기억하기 위해

세상을 자르다가도 합친다

너와 나의 생각대로

하고픈 이야기 다 못하고 떠나기에

시인은 슬프게 죽고,

하고픈 이야기 다 하고 떠나기에

소설가는 기쁘게 죽는다

누구의 삶이 행복인지 알 수 없지만

둘은, 낙엽만 보면 울고 웃는다

담장을 허물자

언제부터인가

사랑하는 사람의 전화번호조차도

기억하지 못하는 바보로 살고 있다

언제부터인가

높은 담장이 버티고 있다는 것 때문

밀어보지도 않고 담장만 바라보며 울고 있다

언제부터인가

담장이 바람과 불을 막아준다는 말 때문

담쟁이 잎새 죽어가는 것을 모르고 있다

그동안 우리는 서로의 손 묶고 얼굴 가린 채

또 다른 담장 에이아이 세워

스스로 자유 포기한 채 울고만 있다

이제 우리는 함께 힘 모아

높아만 가는 담장 허물어야 한다

처절한 노예로 살지 않기 위해

홍대 입구에서

창조의 거리
피카소가 아는 체한다

사랑의 거리
큐피드 화살 내게 겨눈다

젊음의 거리
"이십 세로 변했습니다."라는 말에
깜짝 놀라 거울을 본다

걷고 싶은 거리
홍대 입구에 청춘 모여 모여
서로 바라보며 앞뒤로 걷고 있다

뜨겁게 뜨겁게 사랑한다는데
아기 울음소리 그리운 소리

뜨겁게 사랑하면 인구절벽 무너진다는 말

모두 새빨간 거짓말

지하 승강장에서 시 창작 교실을 연

지용 형, 청춘을 소리높여 부르며

스크린 도어에 시를 쓰고 있다

사람들, 가장 위대한 서정시인에게

서로 사랑하는 방법을 묻고

뜨겁게 사랑하는 방법을 배우려 몰려든다

형은 따뜻하게 웃으며 시 낭송한다

희망의 거리 홍대 입구

이팝나무 꽃

오월이 되면
이팝나무 꽃 가지가지
배고파 우는 아이 위해
밥꽃이 핀다

오월이 되면
보릿고개 길목마다
주렁주렁 밥꽃이 핀다

오월이 되면
너와 나의 집 굴뚝마다
밥꽃이 핀다

오월이 되면
자작자작 가마솥 가득
밥꽃이 핀다

오월이 되면

어머니 마음처럼

양푼 가득 밥꽃이 핀다

화해

하늘은 구름 떠나보내고 고독한 황제 되었다

너무 구름 보고파 바람을 보내 구름 달래었다

구름은 구부러진 손 저으며

서운한 마음 풀린 게 아니라 한다

하늘은 그까짓 것 하며 화 풀라 하고

구름은 하늘만큼 마음이 넓지 못하다 한다

구름은 못 이기는 척 하늘 손잡으며

이번 한 번만 용서해 주겠다며

못 이기는 척 하늘 옆에 앉는다

그리곤 긴 다리 뻗어 드러눕는다

하늘은 구름 보고 멋쩍게 웃고

구름은 하늘 보고 쑥스러운 웃음

하늘이나 구름도 때론 어린아이처럼

싸우고 화해하며 사나 보다

나사

서로 헤어졌던 나사

다시 만나 하나 된다

둘은 서로 꼭 껴안고

뜨겁게 뜨겁게 입 맞추고 있다

둘은 기뻐한다

혼자선 사랑할 수 없기에

둘이서 하나 되어 웃고 있다

둘은 행복하다

가난과 고통도 서로이기에 이겨낼 수 있다

둘은 희망 때문

서로의 손 꼭 잡고 일어서고 있다

하나가 된다는 것은 세상에서 가장 큰 축복

둘은 함께 빙글빙글 돌며 춤을 춘다

징검다리처럼

하얀 눈 내리던 날
아버지 따뜻한 손 잡고
건너가던 다리

보슬비 내리던 날
어머니 따뜻한 손 잡고
건너오던 다리

따스한 햇살 가득하던 날
따뜻한 아내 손 잡고
함께 건너던 다리

온 세상 웃음이 넘쳐나던 날
아이들 따뜻한 손 잡고
건너던 다리

화내고 짜증 내며 타박해도
다정하게 살며시

내 손 잡아주던 다리

늘 징검다리처럼
그렇게 살아가야지,

해설

향토적 서정의 공간인 접산역행 열차표

—공광규 시인

향토적 서정의 공간인 접산역행 열차표

향토적 서정의 공간인 접산역행 열차표

- 공광규 시인

1.

필자의 고등학교 후배인 이일권 시인은 강원도 영월에서 출생했다. 공학박사로 현재 대림대학교 미래자동차공학부 교수로 재직하고 있다. 글 쓰는 재능이 많은 그는 도로교통공단 월간지《신호등》에 수년간 자동차 관련 칼럼을 게재했다. 2021년에는 계간 《에세이문예》 수필 부문 신인상에 당선되어 수필집 『우리들의 고교 이야기-해운대 추억』을 발간해 대중의 이목을 집중시킨 바 있다.

시인은 현재 한국본격문학가협회 이사와 시산문, 곰솔문학회 회원으로 문단 활동을 활발히 하고 있다. 첨단산업의 융합학문인 미래자동차를 연구하고 가르치는 그는 시집의 초두 '시인의 말'에서 자신이 "아날로그와 디지털 삶 속에서도/ 언제 어디서나 감성이 머물면/ 시를 쓴다"며, "고향 접산에/ 기차가 설 수 있는/ 접산역을 만들기 위해/ 삽 한 자루 들고,/ 즐거운 마음으로/ 시나메 오르고 있다."고 고백한다.

이일권이 시 「시인의 마을」에서 역설하는 바, 그는 아날로그를 되찾기 위해 코딩을 배우고 시집을 많이 읽어야 한다고 주장한다. 그리고 온 세상 사람들이 "시인이 되어야 한다"고 강조한다. 이유는 "희망의 노래 부르기 위해"서다. 삽 하나로 열차역을 건축하기는 불가능하다. 그럼에도 시 하나로 향토적 서정의 중앙역인 '접산역' 건축을 위해 우이공산의 노력을 쉬지 않겠다는 바람이 이 시집의 전면에 깔려있다.

2.

대개의 시인들은 자신들의 첫 시집에서 고향 제재를 많이 언급한다. 이일권 역시 접산을 중심으로 시에 자신의 고향 제재를 다양하게 언급하고 있다. 시인 자신의 초기 체험을 형성하는 곳이 고향이기 때문이다. 이를테면 「접산역」 「동강의 봄」 「개울축제」 「비석치기」 「나의 별」 「바지랑대」 「어머니의 강냉이밥」 「접산바위」 등 다양하다.

시인은 유년의 고향 공간인 영월 동강 나루 체험을 "동강 나루 윤슬 따라/ 파란 하늘이 춤 추고/ 맑은 희망의 노랫소리"라며 밝은 심상으로 노래한다. 그의 노래는 "동강은 겨울을 보내며/ 무명지로 다듬다듬/ 이제 봄이라고" 쓰는 희망과 긍정으로 진술된다. 표제시 「접산역」은 실재의 역이 아니다. 시인이 도달하고자 하는 시집 전체 주제를 응축한 상징으로서 역이다.

억새들이
서로 몸 비비며
뜨겁게 사랑하는 접산

손주 그리운 할머니의
향기로운 꽃으로
피어나는 접산

어린 날 추억 내음
바람 따라 구름 따라
넘실넘실 춤추는 접산

접산에 접산역이 생겨
세상에서 가장 느린 기차 들어와

꿈결 같은 기적소리 울리며

아름다운 역사 지키고 있다

세상의 온갖 이야기 싣고

-「접산」 전문

    역은 이동의 거점이다. 역은 사람이 모였다 흩어지고 흩어졌다 모이는 공간이다. 시인의 고향인 강원도 영월 접산은 시인의 인생이 시작한 첫 마음의 역이다. 시인은 이곳 접산을 첫 거점으로 공간이동을 시작했다. 시인은 생업을 위해 몸을 다른 공간에 두고 있지만, 마음은 항상 접산이라는 공간에 두고 있다. 접산역은 시인의 향토적 서정 공간이디.

    위 시에서 접산은 몸을 비비는 억새들이 있고, 손주를 그리워하는 할머니가 있고, 바람과 구름과 함께한 화자의 어린 날 추억이 깃든 곳이다. 화자는 이곳 추억의 공간에 가상의 접산역이 생겨 "세상의 온갖 이야기를 실은" "세상에서 가장 느린 기차가 들어와" 기적소리를 울리며 아름다운 역사를 지키고 있다고 한다.

    유년의 공간이고 향수의 공간이며 마음의 고향인 접산을 시인은 다른 시편에서도 언급한다. 시 「개울축제」에서 접산은 달이 "꼭대기에서/ 슬그머니 얼굴 내"미는 곳이며, 시 「비석치기」에서 접산은 "마음을 비우라"는 바람이 있고, "비움만이 채움이라"고 속삭이는 구름이 있는 곳이다. 또 접산은 시인의 맑은 별이 뜨는 곳이기도 하다.

내가 태어날 때부터
접산엔 별 하나 별 둘

어머니는 내게
별밥을 지어
별국에 별반찬까지
별 하나 별 둘

접산 별이 된 어머니
난 어른아이 되어서도
접산 별을 바라본다
별 하나 별 둘

난, 여전히
가슴속에 별을 갖고 있다

─「나의 별」 전문

접산은 시인이 태어날 때부터 별이 뜨는 공간이다. 시인은 접산의 별을 가슴속에 가지고 산다. 그리고 접산은 화자에게 별밥을 짓고 별국과 별반찬을 해주던 어머니가 별이 된 공간이다. 시 「바지랑대」에서 "바지랑바지랑 어머니 손/ 열세 살 아이가 보고파/ 하늘에서 내려와" 화자의 몸을 씻겨주고 손을 잡아준다. 아마 시인이 열세 살에 어머니가 돌아가신 듯하다.

시인은 시 「칠구레이」에서 접산을 "어린 것을 안고 가는/ 아낙의 순정을 닮았다"고 비유하고, 「영월탄광문화촌」에서는 "죽어 있던 나무에 파릇파릇/ 검은 벽에 접산꽃이 피었다"고 한다. 고향인 접산에는 몽당비를 들고 동네를 돌던 "착하고 아름다운 속아지"(「형의 몽당비」)를 가진 형이 있던 곳이며, "두리번두리번 으쓱으쓱" "마실 나온 가재 가족"이 "부지런히 체조"(<개울축제>)하는 개울이 있는 공간이다.

접산 아래 둔덕 위 채석장 생겼다
어린 시절 그곳, 우리의 놀이터였다
언제부터 알 수 없는 기계음과 사람들 박수 소리
우리와 다르게 생긴 사람들 보인다

괴물 같은 중장비들 나무 잘라내고
풀과 숲들을 잔인하게 유린했다
두려움 때문에 아무도 못했던
접산바위에 커다란 구멍 뚫는다

(중략)

요봉교 균열 때문 아무도 건너지 못하고
개여울의 물고기 몸 비틀며 죽어간다
부드럽던 갈대 흐느끼며 목 꺾인다
찬란했던 비석거리 아무도 찾지 않는다

－「접산바위」 부분

시 「접산역」이 이일권 서정의 표상이라면, 「접산바위」는 이일권의 정신을 표상이다. 향토적 서정의 상징인 접산바위는 장엄하면서도 비극적으로 무너진다. 그곳은 어린 시절 놀이터였고, 억새와 바람과 구름이 있고 어머니와 할머니와 아버지와 함께했던 유년의 공간이다. 이런 공간이 인간의 문명 앞에 파괴된 것이다.

문명의 자본에 물든 탐욕스러운 인간은 접산에 접근해 "괴물 같은 중장비들 나무 잘라내고/ 풀과 숲들을 잔인하게 유린"하고 "접산바위에 커다란 구멍 뚫"고 폭약을 집어넣는다. 폭약이 터지고 접산은 큰 소리로 울며 소리 지른다. 하늘과 땅도 함께 고개를 숙인다. 접산바위의 훼손은 유년의 아름다운 기억을 가지고 있는 시인에게 큰 상처를 준다.

3.

이일권은 인간들의 무분별한 탐욕으로 「접산바위」
가 무너지면서 억새가 손 굽고, 접산 새가 쓰러지고, 소
나무가 파랗게 죽어갔다고 진술한다. 개여울의 물고기
가 몸을 비틀며 죽어가고, 갈대가 흐느껴 울었다는 사실
을 승언하고, 찬란했던 유년의 비석거리를 아무도 찾지
않는 현실이라고 진술한다. 아름다운 유년의 공간을 상
실한 화자는 결국 생태 파괴가 전제되는 도시문명을 맹
렬히 비판한다.

<blockquote>

나무와 풀과 돌이 죽고

산새가 죽고

물과 산이 죽고

하늘이 죽었다

산의 머리카락 자르고

내장을 도려내

병을 치료한다며

굴굴굴 구멍을 뚫어 대상내시경을 하고 있다

인간이 파 놓은 커다란 상처 때문

산은 피 흘리며

</blockquote>

아파할 뿐

소리도 지르지 못하고 울고만 있다

산이 웃는 모습 보고 싶다

-「터널」 전문

　이 시는 앞에 언급한 「접산바위」와 궤를 같이하는 일종의 철학적, 인문적, 대안적 환경파괴 보고서이자 생태 파괴에 대한 무언의 항의서다. 화자는 인간의 탐욕으로 나무와 풀과 돌이 죽고, 산새와 물과 산이 죽고, 하늘이 죽었다고 고발한다. 2연은 비유적 표현이다. 벌채를 산의 머리카락을 잘라내는 것으로, 터널을 내장을 도려내는 것으로 비유하고 있다.

　인간이 만들어 놓은 커다란 상처 때문에 시인은 산이 피를 흘리고 아파서 소리 없이 울고 있다고 한다. 그러면서 결국은 산이 웃는 모습을 보고 싶다고 희망한다. 그러므로 이일권의 시 쓰기는 아름다운 유년의 체험이 깃든 자연회복을 기원하는 "희망의 노래 부르기"다. 시인은 다른 시 「타워크레인」에서도 자연파괴에 대한 비판적 목소리를 내려놓지 않고 있다.

오르려 오르려 하늘까지 오르다

초가삼간 태우고

주막에 있던 막걸리 독 깨고

횡포 부리더니

소나무에 앉아 울던 소쩍새 쫓고

콩 나무 타고 오르던 삼족오 쫓고

봉황에 업혀 날아왔던 희망새마저

기운이 다해 울며 하늘로

하늘 아래 꽃이 죽고

물이 말라

흙의 색 변하니

하늘은 깜짝 놀라 쿠르르르 꽝

타워크레인 스르르르 나락에 떨어져

키 큰 소나무 위협하던

무서운 힘 내려놓고 죽어간다

죽음의 요령 소리 듣지 않으려,

– 「타워크레인」 전문

    시인은 탐욕적 개발의 상징인 타워크레인의 작업 양태를 자연에 대한 횡포로 진술하고 있다. 하늘 높은 줄 모르고 올라가는 건축물은 많은 자연을 희생시킨다. 그 희생물은 초가삼간을 태우기, 막걸리 독 깨기 등으로 비유된다. 무차별한 개발은 소나무 숲에 사는 소쩍새를 쫓고, 정신적 상상의 상징인 삼족오와 희망새를 하늘로 쫓아낸다. 도시의 난개발로 꽃이 죽고, 물이 마르고, 흙이 변하고, 하늘이 놀란다.

시 「자유」는 가두리 다라이에 갇힌 미꾸라지를 소재로 한다. 사람이 먹기 위해 가둔 좁은 장소에 갇힌 미꾸라지는 "가두리 다라이 따라/ 바둥거리며 피"를 흘린다. '자유'를 주제로 한 시이지만 독자는 생명에 대한 비극을 은유적으로 받아들일 가능성이 있는 시다. 도시적 환경이 낳은 자연과 생태 파괴문제는 시 「적과 흑」에서도 언급된다.

성복천 건너

마을을 파괴하려는 적

물고기 죽이고 뱀 쫓아내고

오리까지 가두었다

성복천 건너

마을을 지키려는 흑

꽃과 나무를 지키려

성복천을 오가는 연락병 까치에게

성복천 건너 소식만 듣는다

- 「적과 흑」 부분

성복천은 경기도 용인시 수지구 성복동 형제봉 남쪽
계곡에서 발원하여 죽전동을 지나 탄천으로 흘러드는
하천이다. 물고기를 죽이고 뱀을 쫓아내고 오리를 가두
어 마을의 생태를 파괴하려는 쪽을 적, 그 반대를 흑으
로 대응하여 진술하고 있다. 다른 시 「성복동에는 아담
과 이브 살고 있다」에도 성복동이 언급되는 것을 보면,
성복천은 아마 현재 시인이 주거하고 있는 공간과 가까
운 것으로 추정된다.

4.

자연훼손과 생태 파괴적인 도시문명을 강렬하게 비
판하는 시인은 행복의 근원인 친자연 친생태적 과거의
아름다운 공간복원을 음식의 아우라에서 찾아보려 한
다. 음식은 미각의 총화다. 어려서 먹은 쓰고 달고 시고
짠 맛은 뇌에 새겨지고 기억된다. 그리고 본래로 돌아가
고 싶어 하는 성향이 가장 강한 감각이다. 그리고 거의
생애 최초로 음식을 제공한 어머니와 음식은 동격이다.

이일권의 시에 출연하는 음식을 열거하면 깅닝이밥,
만둣국, 차반고등어, 콩자반, 동태탕, 칼국수, 송편, 비빔
밥, 감자떡, 된장국, 홍어젖 등 다양하다. 대부분 시인의
어머니가 조리하고 제공한 음식들이다. 시 「밥 한 그릇

의 행복」에서 보듯 어머니와 음식은 파괴적이고 삭막한 도시문명을 잠시나마 잊게 하는 행복 조건이다.

> 신비로운 미소지며 놀라운 표정
> 어머니의 손맛 담긴 고향 내음
> 홍당무 감자 단호박 삭둑삭둑
> 송송 송송 대왕파 양파 넣는다
>
> (중략)
>
> 둥근 식탁에 둘러앉아
> 나누는 고향 이야기마다
> 행복송이 꽃송이 되어
> 밥 한 그릇 속에 활짝 피어난다
>
> —「밥 한 그릇의 행복」 부분

시인은 '행복한 밥'을 어머니의 손맛이 담긴 고향 내음으로 표현한다. 밥을 두고 둥근 식탁에 둘러앉아 고향 이야기를 나누면 밥 한 그릇 속에 행복한 사랑의 꽃송이가 환하게 피어난다고 한다. 시 「만둣국」에서 시인은 "만두 속에는/ 철없이 집 떠나 홀로서기로/ 몸부림치던 날 꼭 안아 주던/ 어머니 편지 한 장 담겨 있"고 "아버지의 인자한 미소가 담겨 있다"고 한다.

시 「자반고등어」에서는 시인 자신을 위해 "어머니께서/ 고우신 손으로 고등어 잡아/ 뚝딱뚝딱 자반고등어"를 만들고 굽고, 그 옆에서 입맛을 다시던 자신을 회고한다. 시 「콩자반」은 어머니가 머리에 수건을 쓰고 "콩자반 굴리며 영월 아리랑"을 부르던 것을 각 연 마지막 줄에서 세 번 반복한다.

시 「칼국수」에서 시인은 허름한 식당에 걸린 칼국수에서 "어머니 국수 한 그릇에/ 아름다운 기억의 수레바퀴 따라" "꿈에 그리던 어린 시절"을 보기도 하고, 칼국수 속에는 고향의 "맑은 실개천이 흐르고/ 둔덕에 등 굽은 소나무 춤을 추고/ 초가지붕 위 둥근 박 모여 웃고 있다"고 한다.

시인은 송편을 "우리들의 자화상"으로 대유한다. 그는 시 「송편」에서 어머니의 사랑과 누나의 미소, 가족의 사랑을 기억하고 회상한다. 의성어 "바지락 바지락"을 빗소리로, 눈물 소리로, 울음소리와 웃음소리로, 꽃비 소리로 반복하는 시 「동태탕」에서 "두부는 봄의 전령처럼 엉덩이를 흔"들고, "비오는 날에/ 꽃송이 보려면 동태탕을 먹어야 한다"고 진술한다.

보릿고개 넘기 위해
강냉이밥 먹어야 했다

어머이 어여쁜 어머이

파란 부엌에서

가마솥에 강냉이 쌀 넣고

사랑 밥 지으셨다

강냉이 쌀과 솥뚜껑 합창 소리

피익 피이익 푸익 퓨욱

강냉이밥 주걱 따라

살그럭 살그럭 휘휘

강냉이 쌀 사랑의 아우성

찐득찐득 쫀득쫀득

누룽지 먹고 싶어

멀뚱멀뚱 말똥말똥

누룽지 기쁜 웃음소리

따 따닥 따다닥 따악

어머이는 요술쟁이

–「어머이의 강냉이밥」 전문

이 시는 사투리와 우리말의 운율, 의태어와 의성어를 잘 살린 요즘 보기 드문 좋은 작품이다. 어머이와 강냉이밥은 어머니와 옥수수밥의 사투리다. 식민지와 전쟁으로 황폐해진 나라에 태어난 농촌 아이들은 대부분 봄에는 먹을 것이 없어 춘궁기를 넘어야 하는 보릿고개를 경험했다. 이때 먹은 것이 옥수수로 지은 강냉이밥이다.

시인은 2, 3연에서 "어머이 어여쁜 어머이"라며 어머니를 반복한다. 화자는 식민과 전쟁으로 가난을 겪은 애달픈 어머니를 반복 호명하며 가마솥에 강냉이밥을 짓는 어머니에 대한 애틋한 감정을 강조한다. "피익 피이익 푸익 퓨욱" "살그럭 살그럭 휘휘" "따 따닥 따다닥 따악"은 의성이, "찐득찐득 쫀득쫀득" 과 "멀뚱멀뚱 말똥말똥"은 의태어다.

위 시는 어머니가 밥을 짓는 과정을 여러 수사법을 통해 적실하게 묘사하고 있다. 어머니가 된장국을 끓이는 과정도 시 「된장국」에서 생동감 있게 묘사한다. '뚜가리'에 간을 맞춘 된장은 "된장 따라 돌며 부글부글/ 멸치 따라 돌며 보글보글/ 맛있는 된장국 내음에/ 우리 가족 둘러앉는다"고 새미있게 진술한다.

시 「비빔밥」에서는 비빔의 조화와 맛을 통해 "서로 손 잡고 춤추고" 노래하는 다문화 세상을 상상하고, 「감자떡」에서는 썩어야 제 맛이 나는 홍어 음식의 속성을 통해 보편적 진실과 삶의 원리를 제시하고 있다. 시 「홍어젖」에서는 과거에 만연했던 권위주의 체제 경험을 시세말로 풍자하며, 「기장멸치 축제」는 산후 먹는 미역국을 언급한다. 이처럼 이일권은 음식을 통해 도시화 이전 잃어버린 유년의 공간을 시적으로 복원하기 위해 노력한다.

    5.

시집의 시편에 나타난 정보에 의하면 이일권의 시적 공간은 유년의 고향인 접산에서 시작해 부산 해운대, 용인 성복천, 아메리카 조지아주 등으로 변주된다. 그 가운데 아름다운 유년 공간은 문명으로 파괴되고 훼손되어 추억의 공간으로 자리한다. 유년의 공간에는 어머니와 아버지와 할머니와 누이들이 있고 형과 마을의 친구들이 자연에 둘러싸여 자리한다.

문명에 의해 훼손된 '잃어버린 유년의 접산'과 시인이 생업을 하고 있는 현대 도시문명의 한가운데 놓인 현재 공간, 그리고 비판을 통해 다시 돌아가고픈 아름다운 추억의 공간을 음식을 통해 닿아보려고 한다. 인체의 감각에 어려서부터 각인된 음식에 대한 미감은 독립되어 존재하는 것이 아니다. 음식을 둘러싼 자연과 어머니를

포함한 함께 했던 인물을 불러온다.

　자연과 가족과 친구들에 둘러싸인 아름다운 유년의 배경이 되는 접산, 문명으로 인해 훼손된 접산, 그리고 다시 회복하고 돌아가고픈 접산이 이 시집의 서사를 끌어간다. 아름다운 서사를 자산으로 가지고 있는 이일권이 도달하고 싶은 역은 시인 스스로 고향에 시로 건축하려는 접산역이다. 접산역은 현대인이 돌아가고픈 모두의 희망역이다. 이 시집은 접산역행 열차표다. 많은 독자들이 이 시집을 들고 우리가 잃어버린 향토적 서정의 공간인 접산역에 다녀오기를 바란다.

공감시인선 63

접산역

ⓒ 이일권, 2024

지은이_ 이일권

발 행 인_ 이도훈
편 집 장_ 유수진
교   정_ 김미애
펴 낸 곳_ 도서출판 도훈
초판발행_ 2024년 3월 28일

사무실_ 서울시 서초구 법원로3길 19, 2층 W109호
           (서초동, 양지원빌딩)
전 화_ 02) 595-4621, 010-6722-4621
팩 스_ 0504-227-4621
이메일_ flyhun9@naver.com
홈페이지_ www.dohun.kr

ISBN_ 979-11-92346-71-7 03810
정가_ 12,000원